$12.99

LATIN TRADING CORP./DBA LIBRERIA
LATINOAMERICANA. AMPLIO SURTIDO DE LIBROS
EN ESPAÑOL/WIDE VARIETY OF SPANISH BOOKS
539 H ST. STE. B, CHULA VISTA, CA 91910-4301
(619)427-7867 * FAX 476-1817 * 1(800)257-7248
E-Mail: latintr@flash.net

EL AUTOMÓVIL DE MI ABUELO

EL AUTOMÓVIL DE MI ABUELO

Hilda Perera

Ilustrado por Carlos Rodríguez Rosillo

EDITORIAL EVEREST, S. A.

Julián era un abuelo recio, bueno y bruto. Tenía el cuerpo cuadrado como un armario y los músculos poderosos de quien ha pasado la vida cargando maletas. Con su uniforme gris de botones plateados, era lo que hacía en el Hotel Imperial de Madrid desde hacía muchos años. La poca gente que de veras llegaba a mirarlo podía ver que todo su aspecto tosco y casi primitivo lo desmentían dos ojos azules y sencillos de mirar directo que predicaban ternura, resignación y trabajo.

Julián tenía un solo motivo concreto para perdonar a la vida las hambres, fríos y esfuerzos sin logro que le había hecho pasar: su nieto Juanillo, un niño de nueve años, primero en su clase, que cada noche bajaba corriendo del quinto piso segundo izquierda para rodearle el cuello con un abrazo. Una alegría de chico; lo único que le quedaba a Julián como recuerdo de su mujer campesina y de una hija bonita que murió joven.

Como no tenía el abuelo otra manera de cultivar en el niño la ilusión, ni de cultivarla en sí mismo, cada noche, cuando llegaba cansado, entre los dos encendían la lucecilla de un sueño compartido hace tiempo: algún día, cuando reunieran poco a poco, ahorrando aquí y allá del poco sueldo, él, Julián Argüelles Melilla, le iba a comprar a su nieto un coche, nuevo o usado, de cuatro plazas, rojo, y con cambio manual.

Los paseos que daban a todo lo largo de la calle Alcalá o de la Castellana eran por cazar con la vista, entre el tráfico hormigueante, algún coche desvencijado que con la imaginación podían comprar a poco precio, pintar, armar y desarmar hasta que les quedara como nuevo.

—Entonces, entonces —decía el viejo soñando sin dormir—, vamos a salir de Madrid por la carretera de La Coruña y verás montañas y pueblecillos con casas de tejas rojas y mucho, muchísimo verde. Te parece que se te abren los pulmones y descansas los ojos. Ya verás —y el abuelo ampliaba el gran pecho y aspiraba el aire viciado de gasolina, ruidos y motores Diesel, y terminaba tosiendo—: ¡Aire libre, hijo, no la contaminación que se respira aquí!

El sueño tenía poca oportunidad de convertirse en hecho, porque con todo y el mal comer y el poco vino que se permitía el abuelo por ahorrar, sólo habían reunido, en un pañuelo, debajo del colchón, 18 900 pesetas. O sea, que para llegar al precio del coche pasarían diez años, y Juanillo habría dejado de ser niño y de importarle. Así y todo el abuelo seguía hablando y tejiendo planes, como si el sueño estuviera a la otra puerta.

Al fin, como era hábil con las manos y a más de cargar
maletas, lo mismo enderezaba una cortina que pintaba
una habitación o hacía de fontanero, y porque cuanto
hacía lo hacía sonriendo, el director lo recomendó para
cuidar un garaje de noche, que con todo lo oscuro y
maloliente, era el lugar perfecto para su sueño. Allí,
abuelo y nieto se estaban horas y horas mirando el
Dodge–Dart de Don Salustiano, o el Mercedes Benz del
Director del Banco, o el Audi de Angelita, la secretaria.
Abrían los capós para mirar cómo eran los coches por
dentro, y les olía el aliento a aceite y a gasolina, que los
mareaba un poco, pero siquiera el olor los acercaba al
coche soñado.

Así, después de un año, con el trabajo doble y el pedir poco de Juanillo, reunieron lo preciso en la mitad de tiempo. El abuelo consiguió, después de mucho ver, rever y regatear, que le vendieran un coche, escacharrado por detrás, descascarillado de pintura, mal de frenos y peor de bujías, pero coche al fin y al cabo.

Cuando lo tuvieron montado en el potro, porque no tenía neumáticos, los dos se abrazaron bailoteando en torno al tesoro que les iba a abrir camino a Cercedilla, a la Sierra, a la nieve blanca, al campo verde y a la Castilla entrañable y ancha que el abuelo guardaba en su corazón, para el día del regreso.

Lo pintaron juntos de un rojo que se viera de lejos. Un mecánico, que se llamaba Justino, le cambió el freno y las bujías y les enseñó muchísimo sobre dónde tienen el corazón los coches, por dónde comen y cuáles son sus riñones, aunque sean otros los nombres que les den.

Los neumáticos los consiguieron uno a uno de uso, a regateo y ahorro. Al coche le cromaron todo lo cromable hasta que, al fin, después de seis meses de esfuerzo, adquirió el aspecto próspero y eficiente que deben tener los coches de sueño. El abuelo anunció triunfante:

—El domingo, Juanillo, nos vamos a Cercedilla.

Justino dijo que no, hasta que le cambiara
la batería, pero abuelo y nieto, regocijados, jugaban
a conducir su coche poniendo primera, segunda…,
sin moverlo, hasta que Justino les dio el visto bueno:

—Ahora sí que está.

—Pues hoy mismo salimos.

Justino puso cara de no.

—Primero tienes que sacar el carné de conducir; si no, vas a terminar en Chirona en vez de en Cercedilla.

—¡Si lo difícil era conseguir el dinero y entender un coche por dentro, la licencia la tengo yo en un santiamén! Ya verás —contestó el abuelo con una pizca de orgullo.

Se fue a la autoescuela muy ufano, pero regresó igual que perro apaleado y hambriento.

—Juanillo, ni con el carné de la clínica, ni con todo lo que sé de mecánica me dan la licencia. Tengo que pasar un examen, que además cuesta mucho.

—¡Y lo pasas! Y ahorramos y lo pagamos.

Mirando de reojo al nieto y temiendo el efecto de su confesión, dijo el abuelo:

—Pero tú sabes, hijo, yo nunca pude aprender a leer. ¡No sé escribir ni una "o" como Dios manda!

—Pero eso lo aprendes enseguida —dijo Juanillo, cuidándole el orgullo—. Verás que yo te enseño en un dos por tres.

Y así, cada noche se sentaban abuelo y nieto, aprendiz y maestro, tartamudeando que *ma, me, mi, mo, mu* y *ta, te, ti, to, tu*. Hasta que el abuelo, un jueves, y colocando su dedo índice debajo de cada letra, leyó despacio y con gran esfuerzo:

—Mi–ma–má–me–a–ma. A–mo–a–mi–ma–má.

Luego, cogiendo impulso (pues medio se lo sabía de memoria):

—*Mimamáamasalamasadelpan.*

El niño lo abrazó y el abuelo pensó que mañana iba al examen. Esa noche salieron por un Madrid iluminado a leer letreros, que el abuelo   descifraba,   tartamudo y feliz.

A la mañana siguiente, se puso de traje y corbata, se limpió las uñas con cepillo, y entró al edificio rezando padrenuestros y avemarías sin coger aire, para darse confianza.

Así y todo resultó un desastre.

Lo recibió un señor con cara de don, mirándolo como a poca cosa; le dijo, con lo que al abuelo le pareció mal modo, que se sentara a contestar las preguntas; por último, lo amenazó diciendo que tenía sólo media hora. Con el nerviosismo, a Julián se le enredaban las líneas, comenzaba una pregunta y, por un salto de vista, terminaba en otra y no entendía ni pío.

A la hora de escribir, sus letras parecían caritas burlonas y le salían gigantes o enanas o cojas o gibosas. Agonizado, mirando cómo las agujas del reloj tijereteaban el tiempo, logró un suspenso. Salió lívido, mareado, con dolor de cabeza y un gran desánimo dentro.

De allí fue al garaje donde era guardián de noche. Entró haciendo un ruido infernal con la puerta metálica, la maldijo mil veces, y a su pueblo pobre y a su ningún maestro, y a su miseria de siempre y a su falta de libros. Estático, en el medio del garaje, el coche, flamante y rojo, le pareció una ofensa; como si hicieran guiños de risa y burla cada destello de sus superficies cromadas. Sin pensar lo que hacía, Julián quiso vengarse del tiempo y el trabajo que le había dedicado, de los dolores y cansancios y fatigas que había pagado por él, y cogiendo una llave inglesa, comenzó a darle porrazos que abollaban sus guardabarros, pateó sus neumáticos e hizo saltar en pedazos el parabrisas.

Hubiera seguido el destrozo si no fuera porque desde dentro del coche oyó una voz que le llamaba: ¡abuelo!; y, sobre todo, porque vio los ojos indefensos y espantados de Juanillo.

Entonces se apoyó sobre la carrocería del coche y rompió a llorar.

Allí fue que el niño se sintió hombre por primera vez y hasta quizás un poco padre. Por las calles quietas del casi amanecer, donde la lluvia torrencial de dos mangueras limpiaba Madrid, fue consolando al viejo que gimoteaba aún:

—Ya verás, abuelo... Ya verás, ya verás...

Porque era todo lo que se le ocurría decir.

Juanillo comprendió que para el abuelo el coche tenía más importancia por sueño de toda una vida que por simple coche. Ahora era él quien debía luchar para conseguirlo, o el pobre Julián Argüelles y Melilla nunca más se respetaría a sí mismo; nunca más miraría franco y directo a los ojos de nadie; nunca más se atrevería a aconsejarle tozudez y empeño a su único nieto; nunca más hablaría de paciencias necesarias y esperas útiles. Comprendió que no siempre la verdad consuela y dijo, como si acabara de ocurrírsele:

—¡Son los lentes, abuelo!

—¿Cómo que son los lentes?

—Eso mismo. No es que no sepas leer; es que a tu edad todo el mundo necesita lentes. ¡Eso es!

El abuelo se dejó convencer y juntos se fueron al oculista de la clínica, y un poco por ayudarse a tener excusa, un poco porque era cierto, y otro porque se le nublaba la vista, leyó "p" donde era "b" y "j" donde era "f". El oculista, muy satisfecho, le acusó de miope y le recetó unos lentes carísimos.

Sin que el abuelo se diera cuenta, cuando fueron a la óptica, Juanillo pidió que demoraran los lentes lo más posible y salieron los dos, el nieto y el abuelo, felices de haber podido engañarse mutuamente.

—¡Si te lo decía! ¡En cuanto tengas los lentes leerás más rápido que Don Salustiano!

Por si acaso, durante todo el mes, apenas llegaba el abuelo, allí estaba Juanillo con el puchero listo y la cartilla abierta, y se estaban los dos leyendo y practicando hasta que se morían de sueño. Al fin, temiendo que el abuelo nunca llegara a leer deprisa, Juanillo le enseñó cómo comenzaba cada una de las preguntas del libro que consiguió prestado y le hizo aprender de memoria las respuestas. Al fin y al cabo, sólo con la memoria, ¿no era casi sabio el abuelo? También con disciplina amable, hizo que repitiera muchos cuestionarios copiando las preguntas.

Al mes justo, el abuelo se vistió con traje y corbata, se pulió las uñas con cepillo, se estrenó los lentes que nada le resolvían, y entró al edificio del examen rezando padrenuestros y avemarías. En dos horas tenía en sus manos el más cuadrado, plastificado y trabajoso de todos sus triunfos: el carné de conducir.

Lo guardó con mucho cuidado en el bolsillo derecho, fue a buscar el coche, puso primera, segunda y tercera con más triunfo que un general triunfante y, tocando aparatosamente el claxon, le avisó a Juanillo, que bajó volando del quinto piso segundo izquierda.

—¡Vamos, hombre, sube! —dijo el abuelo con cara de Pascua.

Juntos y felices atravesaron las calles haciendo eses entre los coches. Salieron de Madrid, tomaron la autopista y, cuando después de millas de carretera que devoraba el coche vieron extenderse la gloria abierta y dorada de Castilla, miró el abuelo al nieto:

—¿Ves? ¿No te lo decía, Juanillo, que algún día tú y yo, con un coche…? —se le humedecieron los ojos y, aunque no pudo terminar, todo, todo lo comprendió Juanillo.

Colección dirigida por Raquel López Varela

© Hilda Perera y
EDITORIAL EVEREST, S. A.
Carretera León-La Coruña, km 5 - LEÓN
ISBN: 84-241-3332-3
Depósito legal: LE. 739-1995
Printed in Spain - Impreso en España

EDITORIAL EVERGRÁFICAS, S. L.
Carretera León-La Coruña, km 5
LEÓN (España)